자명한 연애론

황금알 시인선67
자명한 연애론

초판인쇄일 | 2013년 5월 7일
초판발행일 | 2013년 5월 31일

지은이 | 최명란
펴낸곳 | 도서출판 황금알
펴낸이 | 金永馥
선정위원 | 마종기 · 유안진 · 이수익 · 문인수
주 간 | 김영탁
편집실장 | 조경숙
표지디자인 | 칼라박스
주 소 | 110-510 서울시 종로구 동숭동 201-14 청기와빌라2차 104호
물류센타(직송 · 반품) | 100-272 서울시 중구 필동2가 124-6 1F
전 화 | 02)2275-9171
팩 스 | 02)2275-9172
이메일 | tibet21@hanmail.net
홈페이지 | http://goldegg21.com
출판등록 | 2003년 03월 26일(제300-2003-230호)

값 8,000원

ISBN 978-89-97318-42-1-03810

자명한 연애론

최명란 시집

황금알

그제 울다가 쓰러진 내 위에
어제 내가 웃다가 쓰러지고
어제 웃다가 쓰러진 내 위에
오늘 내가 울다가 쓰러지고
오늘 울다가 쓰러진 내 위에
내일 내가 웃다가 쓰러지고
오늘 쓰러지고 또 오늘 쓰러지고
오늘 또 쓰러지고,
나는 내 탑이다
웃음과 울음이 맞닿는 곳
그곳에 시가 있나…

차 례

2부 녹 같은 연애를 했다

3부 느닷없이 왔다 어처구니없이 가는 것들

1부

밟아도 돋아나는 야생의 풀뿌리를 위하여

내 친구 야간 대리운전사

늦은 밤

야간 대리운전사 내 친구가 손님 전화 오기를 기다리는 모습은

꼭 솟대에 앉은 새 같다

날아가고 싶은데 날지 못하고 담배를 피우며 서성대다가 휴대폰이 울리면

푸드덕 날개를 펼치고 솟대를 떠나 밤의 거리로 재빨리 사라진다

그러나 다음날이면 또 언제 날아와 앉았는지 솟대 위에 앉아 물끄러미 나를 쳐다본다

그의 날개는 많이 꺾여 있다

솟대의 긴 장대를 꽉 움켜쥐고 있던 두 다리도 이미 힘을 잃었다

새벽 3시에 손님을 데려다 주고 택시비가 아까워 하염없이 걷다 보면 영동대교

그대로 뛰어내리고 싶은 충동을 참은 적도 있다고 담배에 불을 붙인다

어제는 밤늦게까지 문을 닫지 않은 정육점 앞을 지나다가 마치 자기가

붉은 형광등 불빛에 알몸이 드러난 고깃덩어리 같았다고
새벽 거리를 헤매며 쓰레기봉투를 찢는 밤고양이 같았
다고
남의 운전대를 잡고 물 위를 달리는 소금쟁이 같았다
고 길게 연기를 내뿜는다
아니야, 넌 우리 마을에 있던 솟대의 새야
나는 속으로 소리쳤다
솟대 끝에 앉은 우리 마을의 나무새는 언제나 노을이
지면
마을을 한 바퀴 휘돌고 장대 끝에 앉아 물소리를 내고
바람 소리를 내었다
친구여, 이제는 한강을 유유히 가로지르는 물오리의
길을
물과 하늘을 자유롭게 날아다니는 물새의 길을 함께
가자
깊은 밤
대리운전을 부탁하는 휴대폰이 급하게 울리면
푸드덕 날개를 펼치고 솟대를 떠나 밤의 거리로 사라
지는

야간 대리운전사 내 친구
오늘 밤에도 서울의 솟대 끝에 앉아 붉은 달을 바라본다
잎을 다 떨군 나뭇가지에 매달려 달빛은 반짝인다

서울역에서 따라온 신발 한 켤레

1

서울역 노숙자 중 어떤 이는

밤이면 자기 신발이 어디로 도망쳐 버린다고 중얼거린다

자기 전까지 분명히 신고 있었는데 자고 일어나면 어
디로 갔는지 보이지 않는다고

이 새끼 내 신발 내놓으라고 멱살잡이하다 보면 어느
새 발에 신발이 신겨져 있다고

소주병을 들고 비틀거린다

그 사람은 자기 신발이 간밤에 KTX를 타고 집에 다녀
온 줄 모른다

서울역 노숙자의 신발들끼리는 다 아는 사실을

노숙자들만 모르고 서로 내 신발 내놓으라고 한바탕
싸우는 서울역 대합실의 겨울

노숙자의 신발들은 어느 날

역사 출입문 한 켠에 쪼그리고 있던 한 여자의 신발이
어디론가 사라지는 것을 보고

그 신발이 KTX를 타고 밤마다 임시보호소에 맡겨놓
은 아이들한테 다녀오는 것을 보고

하나 둘 그녀의 신발을 뒤따르기 시작했다

겨울의 지렁이는 꽃을 못 보고
혹한의 쥐는 별을 못 보고
노숙자의 신발은 함박눈도 밟아보지 못하는가
눈 내리는 고향에도 다녀오지 못하는가

2
오늘 나는 혼자 조용히 울 곳을 찾아왔을 뿐이다
컵라면을 사 먹고 내가 얼어붙은 진주 남강에 앉아 자
꾸 돌을 던지는 것은
아직도 내게 애써 참아내야 할 울음이 남아 있기 때문
이다
서울역에서 따라온 신발 한 켤레 아직도 내 곁에 남아
있는 것은
얼음 위로 떨어지는 돌들이 쩡쩡 소리를 내면서 자꾸
나를 때리기 때문이다
다행히 얼어붙은 강물에 눈발은 계속 쌓인다
눈발도 쌓이면 불타오르고 얼음도 모이면 뜨거워진다
강 건너 아이들은 스케이트를 타다가 붕어빵을 사 먹
고 있다

16

저 붕어빵의 붕어들
봄이 오면 강물 속으로 돌아가리
저 얼어붙은 강물들
얼음이 많으면 물도 많으리

수족관에 사는 펭귄

　63시티 수족관에 사는 임금 펭귄은 밤마다 남극으로 날아갈 준비를 하고 있다
　사육사가 수족관의 불을 끄고 집으로 돌아가면 몰래 수족관을 빠져나와
　한강 철교 위에 올라가 멀리 남극을 바라본다
　남극은 언제나 바라보는 곳에 있다
　바라보지 않으면 빙산은 언제나 보이지 않는다
　웃음을 터뜨리며 서로 껴안고 짝짓기를 서두르는 펭귄들이 지금 빙산 아래로 종종종 걸어가고 있다
　그동안 그는 직립의 자세를 결코 잊은 적이 없다
　한강 철교 돔 위에 올라가 새벽별을 바라보며 직립의 자세를 더욱더 확립하고 수족관으로 돌아온 날 밤에는
　사육당하는 치욕과 관람당하는 수모를 어루만지며 잠이 든다
　잠 속에서는 거대한 유빙을 타고 흐른다
　남극 바다제비를 따라 하늘을 급선회하다가 가장 높은 빙봉에 알을 낳는다
　그는 더 이상 인간의 교도소에 갇혀 관람객들을 구경하고 싶지 않다

교도관이 던져주는 재소자의 밥을 먹고 뒤뚱뒤뚱 인간들처럼 직립보행을 하고 싶지 않다
관람객이 먹다 던진 사과 한 알도 마음에 품은 적이 없는 그는
차라리 철교 아래로 떨어져 한강의 청둥오리들이 정성껏 마련한 물길을 따라간다
멀리 한강의 불빛에 어른거리는 빙하의 물결
잠실 쪽에서 떠내려 오는 빙산 위에 부서지는 남극의 별빛
신의 드레스로 밤하늘을 휘감고 있는 찬란한 오로라를 따라가면
그곳은 바다사자와 얼룩무늬물범이 빙그레 웃고 있는 남극의 바닷가
귀향을 축하하는 펭귄들의 환호소리가 들린다
살아도 죽은 사람이 있고 죽어도 산 사람이 있듯
63시티 수족관에 사는 직립의 바닷새는 밤마다 남극으로 날아갔다 돌아온다
사육사가 집으로 돌아간 뒤 몰래 수족관을 빠져나와
북한산을 넘어 금강산을 넘어 멀리 쇄빙선이 오가는

남극으로 날아간다
　남극은 언제나 날아가는 마음 안에 있다

휠체어 마라톤대회에 너를 보내고

휠체어 마라톤대회에 너를 보내고 이제 너의 가여운 신발은 생각하지 않는다

사고현장에 버려진 네 어린 신발을 움켜쥐고 통곡하던 나의 눈물도

이제는 흙 속에 천천히 스며들어 제비꽃의 가는 뿌리를 적신다

병원에 도착하자마자 결국 나머지 한쪽 다리마저 잃고 네가 말끄러미 나를 쳐다보았을 때

나도 그만 두 다리를 잃고 그대로 주저앉아 물이 되었다

길이란 길은 모두 사라지고 신발마저 저 혼자 한강으로 뛰어내린 뒤

아파트 베란다에 처박혀 뿌리마저 썩어가는 빈 화분처럼 살아오다가

오늘 아침 휠체어 마라톤대회에 너를 보내고 조용히 혼자 미소 지어본다

너에게도 달릴 수 있는 길이 있어서 길가에 꽃들이 피어난다

헬멧을 쓰고 두 팔로 힘차게 휠체어 바퀴를 굴리며 달려가는 뒷모습들이 유유히 푸른 하늘을 나는 기러기 떼

같아

　네가 남한강 어디쯤에서 휠체어를 타고 하늘로 훨훨 날아갈 것만 같다

　하늘을 날면 너의 산맥과 평야를 한없이 내려다보아라

　지나가는 곳마다 더욱더 낮아지는 저 겸손한 논과 밭을 보아라

　추수가 끝난 빈 들판에 볏짚을 태우는 흰 연기가 피어오르면 푹신한 볏단 위에 잠시 내려와 쉬었다 달려라

　거리에 응원 나온 사람들보다 새들이 나뭇가지에 앉아 열심히 손뼉을 친다

　남한강 물오리들도 너를 따라가느라 재빠르게 물살을 가른다

　그래도 너에게는 언제나 고마운 손과 너를 사랑하는 무릎이 있다

　오체투지 하는 아버지를 따라 무릎으로 히말라야를 기어오르던 티베트의 한 소년이라고 생각해도 좋고

　휠체어를 탄 낙타가 되어 타클라마칸 사막의 어느 마을 우물가

　물을 길어 누나에게 나누어주던 키 작은 한 소년이라

고 생각해도 좋다

  사람들은 누구나 다 자기만의 사막을 하나씩 가슴속에
품고 있다

  이제 너는 너의 사막에 깊은 우물을 파라

  지구가 웃음을 터뜨리며 물줄기를 뿜으면 해가 질 때
까지 배고픈 양들과 목마른 낙타에게 물을 먹여라

  지구도 둥근 휠체어 바퀴를 열심히 굴리며 굴러간다

  누구나 지구라는 휠체어를 타고 살아간다

꼬막 캐는 여자의 바다

겨울이 되면 눈부신 벌교 갯벌에 가보아라

양수가 터진 바다가 갯벌에다 아이를 낳고 아랫배를
드러낸 채 섬기슭으로 달려가 젖을 먹인다

풀어헤친 저고리 틈새로 빠져나오다가 그만 수평선에
걸쳐진 바다의 저 통통한 젖가슴을 빨고 있는 벌교 여자들

새색시 때부터 꼬막밭에 앉아 열심히 바다의 젖을 빠는

자궁에서도 평생 꼬막냄새가 나는 저 벌교 여자들은

만삭이 된 섬들이 바다에 아이를 낳을 때마다 뻘배를
타고 힘차게 바다로 나아가 꼬막을 캔다

순천만 젖꽃판이 개흙처럼 검어지고 젖꼭지마다 팽팽
히 섬을 이룰 때

저마다 꼬막이 되어 갯벌 깊은 바닥에 몸을 숨긴다

행여나 장보고 같은 사내 갯벌 속에 숨어 있을지 몰라
갯벌의 쫄깃한 자궁이 되어 숨을 죽인다

때로는 허연 꼬막껍질처럼 길바닥에 버려져

사내들이 짓밟고 지나갈 때마다 서럽게 부서지고 아스
러지던 날들

방파제 끝까지 트랙터를 몰고 온 사내들이 소주병을
버리고 모닥불로 타올라도 여자들은 좀처럼 물 밖으로

나오지 않는다
  뻘배를 끌고 산고가 채 끝나지 않은 갯벌의 속살을 쓰다듬을 뿐
  참꼬막이 가득 담긴 함지박의 웃음이 될 뿐
  광활한 치마폭을 펼친 바다는 지금 일몰의 시간
  노을 지는 수평선을 목에 감고 뻘밭의 백로는 저 혼자 고독하다
  멀리 고깃배 한 척 밀물 때를 기다리며 비스듬히 누워 있다
  황금빛 갯벌의 주름진 뱃가죽을 들치며 바다의 젖을 빠는 저 여자들
  꼬막 캐는 여자들의 봄이 오는 바다
  가끔은 장보고 같은 사내가 찾아와 씨 뿌리는 바다

보도블록 까는 청년

　달밤에 한 청년이 무릎을 꿇고 광화문 보도블록을 깔고 있다
　담뱃불 구멍이 숭숭 난 낡은 청바지를 입고
　망치로 톡톡 길을 때리며 반듯하게 길의 육체와 정신을 만들고 있다
　서울시청 하늘에 높이 뜬 보름달 외에는 아무도 그를 비추지 않는다
　감옥에서 나와 어머니가 해주시는 새벽의 뜨거운 밥을 먹다가
　스스로 찾아 나선 길이 길을 만드는 일이었다
　청년은 잠 못 이루던 감옥에서도 늘 길을 만들고 있었으므로
　이제 조심조심 그 길을 내려놓고 모래를 깔고 경계석을 갈라놓고
　가로세로 벽돌 조각을 맞추어 다시는 허물어지지 않을 서울의 길을 만든다
　함께 시위하던 시민들이 무심히 발끝으로 그를 보고 지나간다
　이제는 전경버스를 불태우고 너를 향해 보도블록을 깨

어 던지지 않으리라

　폭력은 길을 부수지만 그래도 화해는 길을 만든다

　때로는 길도 돌아서서 어깨를 들먹이며 울먹일 때가
있다

　거리의 떨어진 은행잎들이 달려와 우수수 청년을 껴안
아주고 돌아간다

　은행잎을 따라가던 길이 문득 걸음을 멈추고 청계천
물길을 바라본다

　물길 위에 사람들은 저마다 무량수전 하나씩 지었다
부수는 것일까

　밟아도 밟아도 돋아나는 야생의 풀뿌리를 위하여

　새벽달이 질 때까지 청년은 무릎을 꿇고

　보도블록 틈새마다 한 움큼씩 흙과 사랑을 집어넣는다

　봄이 오면 광화문 보도블록마다 노랗게 민들레가 피리라

　거리의 미소 띤 발자국마다 쥐오줌풀도 활짝 피어나리라

색소폰 부는 걸인

북한산에 가면 색소폰 소리가 들린다

가난하지 않은 내가 가난한 나를 잊어버릴 때마다 나는 지하철을 타고 북한산으로 간다

도봉산역에 내려 천천히 김수영 시비가 서 있는 북한산 입구로 걸어가면

등 굽은 소나무 아래 날마다 색소폰을 부는 걸인 사내가 앉아 있다

목발을 내려놓고 등산로에 남루한 플라스틱 바구니 하나 내려놓고

색소폰을 부는 그 외발의 사내는

색소폰을 불 때마다 파르르 김수영 시인의 풀보다 먼저 눕는다

바구니에 동전 하나 떨어지는 소리가 북한산에 솔방울 하나 떨어지는 소리 같기야 하랴

지금까지 산을 오르는 동안 또 산에서 내려가는 동안

내가 그대를 속인 것은 그만큼 내가 나를 속였기 때문이라 생각하는 동안

북한산은 사내의 색소폰 소리를 들으며 웃기도 하고 삼천사 마애불과 손잡고 춤을 추기도 한다

어느 달 밝은 밤에는 김수영 시인이 시비 속에서 걸어
나와 인수봉을 얼싸안고 춤을 추기도 하고
  혼자 막걸리를 마시고 시비 앞에 쓰러져 잠이 들기도
한다
  눈 내린 겨울날 색소폰을 불다가 그 걸인 사내 앉은 채
로 눈사람처럼 쓰러져
  응급실로 달려갔으나 끝내 돌아오지 못하고 빈 플라스
틱 바구니만 등산로에 나뒹군다
  다시 겨울이 가고
  봄이 와도 북한산은 그를 떠나보내지 못하고 날마다
그의 색소폰을 대신 불고 있다
  가끔 김수영 시인도 막걸리를 마시고 시비에 기대어
색소폰을 분다
  어디선가 가난의 동전 하나 떨어지는 소리가 들린다

연탄집 아저씨가 라면 사러 간다

연탄집 골목 살얼음 위로 타지도 못한 연탄들이 까맣
게 박살 나 있다
어젯밤에도 연탄집 아저씨는 분명 술에 취해 여기저기
연탄을 집어 던지고 다섯 형제 일렬횡대로 차례차례 줄
을 세웠을 법
제일 먼저 큰 형의 따귀를 후려치고
막내의 뺨을 후려칠 때쯤 힘이 빠져 애벌레처럼 아무
렇게나 뒹굴어 잠들었을 법
아이들은 연탄처럼 까맣게 잠든 아버지의 가슴살 이곳
저곳에 강력한 빨대를 꽂아
아버지 심장을 덩어리째 빨아먹고 마네킹이 되어 나풀
거렸을 법
이른 새벽 술이 깨면 연탄집 아저씨는 어젯밤 자신의
기막힌 술주정이 죄송하고 죄송하여 연탄의 구멍 구멍
마다 방울방울 눈물을 심어 넣는다
사랑의 눈물을 쪼옥 쪼옥 받아먹고 갑자기 자란 아기
들이 구멍 밖으로 새 주둥이처럼 쏘옥 입을 내밀고 배고
프다 짹짹 울어대면 연탄집 아저씨는 손톱 바퀴가 까만
손으로 연탄불 위에 라면 물을 얹는다

ㄱ자가 떨어져 나간 빛바랜 경남연탄 간판이 바람에
덜컹댄다

간판 아래 삐걱대는 양철문을 조심조심 열고 이른 아
침 연탄집 아저씨는 라면을 사러 간다

이미 까맣게 탔을 연탄집 아저씨의 가슴속이 벌겋게
타고 있다

연탄불 하나만으로는 말 못하게 버거운 세상

오늘을 사는 방법 중 하나는 하얗게 죽어버리기 전에
또 하나의 새로운 연탄을 스무 두 개의 불구멍에 잘 맞
추어 올려놓는 일

벌겋게 타오르는 연탄불 위에서 잠이 드는 일

승방에서 생긴 일

평창동 산꼭대기 오뚝 앉은 승방에서 한참을 놀다가
우리는 돌아오고 늦게 찾아온 그 여인은 승방에 남았
더라
어쩌면 좋아요! 저 뽀얀 가슴살을 가지고 스님 혼자 있
는 승방에 남았어요
스님이고 보살인데 어떨까 아니야 내가 알기엔 앙증맞
은 그 여인의 품에 스님은 몇 번이나 드나들지 몰라
아니 스님이 집적이면 여인은 귀찮아할까 멀쩡한 사지
로?
시간이 더 늦어지면 돌아오기란 더 만만치 않을 텐데
집에서는 어떤 핑계로 나왔을까
여기서 밤을 지내기까지의 변명을 채워 넣기 위해 얼
마나 많은 거짓말을 늘어놓았을까
내가 마음속으로 물었을 뿐인데 여인은 용케도 들었다
는 듯
낮에 들꽃축제 갔다가 오는 길이라고
머리칼이 숭숭하고 화장도 반쯤 지워진 까닭을 설명하
듯 말하더라
아니, 남편이 있는 여인일까 아닐까? 남편이 죽었을까

아닐까? 이혼했을까 아닐까?

여인은 토끼띠라 했는데 그렇다면 사십 초반의 나이

스님은 환갑 진갑 다 지난 나이라니까 부녀관계 나이쯤은 좋게 될지 몰라

법당 일이며 설거지며 조금도 서투름 없이 척척 해내는데

나는 속으로 아하! 아마도 몇 번은 이곳을 드나든 솜씨다 싶어

그럴 때마다 스님과? 아이코 스님의 저 큰 머리를 어쩌나

나는 그만 자꾸 웃음이 쿡쿡 나서 애써 우스개로 시간을 모면했더라

밖에는 뜻 모를 바람이 울고 바야흐로 절 받으랴 고기 먹으랴 야단법석의 스님

승방에 오소소 앉아 있는 여인의 목덜미 위에 군림하며 천하를 호령할 듯한 스님

두 배나 되는 덩치로 여인을 버둥고 저 스님 어쩔까 싶어

명실상부 어떤 전투를 벌일 것인가 여인은 흐뭇해 고개를 끄덕일 것인가 말 것인가

그럼 여인의 귓불에 무당벌레처럼 딱 붙어있는 저 귀고리는 어찌할까

존엄한 혼인서약헌장은 어찌할까

그런 다툼에도 시비가 있을까 없을까

자리는 지옥에 깔까 천당에 깔까

법당에 계시는 키 작은 아미타불 여전히 눈을 내리깔고 못 본 척하시므로

허허만년 음양이 있어온 이래 암수 서로 엉기고 풀리고 죽어갔더라

스님의 바랑 속에 든 법이며 물이며 범패며 취기며 연緣이며 눈물이며 모두 고무줄에 재워서라도 한번 버텨보시라

하룻밤 인간기생충이 되어 서로의 살 속으로 스멀스멀 기어들어가 보세나

그럴 때 글쎄 등줄기에서 무수한 강물이 쫙쫙 흘러내리더라만, 웃을 일만은 아니라 보네 마는

창자 속을 훑고 지나가는 듯한 골목을 한참 지나 이른 평창동 산꼭대기

바늘 끝 같은 바람이 웬 창자벽에 그렇게 우수수 와 꽂

히는지

   산꼭대기에서 내려다본 서울 야경

   하늘만 아니라 발아래도 저렇게 무진한 지상의 은하가
있고나

   그렇다면 여인의 저 얼크러진 머리칼 한 올 한 올에도
내일 아침 동이 틀 것인가 말 것인가

그리고 남자는 울었다

여자는 술병의 목을 당차게 움켜쥐고
이 새끼야 개새끼야 삿대질을 하며 비틀거렸다
남자는 눈을 부라렸지만 분노는 불끈 쥔 주먹 안에서
만 파르르 떨었다
여자의 목울대가 툭툭 불거져 술 냄새를 풍기며 기어
올랐다
화합은 이제 먹혀들지 않는다
여자는 바닥에 술병을 내리치고 휙 집을 나가버렸다
싸움을 알아챈 거실의 강아지조차 벌써 어디에 숨었는
지 없다
주정뱅이 여자의 저 매운 몸짓 뒤에 어찌 밥을 그리워
하랴
남자의 가슴이 박살 난 술병의 파편이 되어 산산조각
떨어진다
그래 가버려 꺼져버려! 애써 숨을 고르며 파편을 치우
는 남자의 손에서 피가 꽃잎처럼 똑똑 바닥에 떨어진다
치욕을 견디며 지배당했던 세월과 피를 흘렸음에도 실
패한 혁명에 대해 남자는 생각한다
하늘을 향해 수없이 울부짖고 땅을 치며 맹렬히 통곡

했으나
　창밖에 날아가는 새가 잠시 날개를 기울였을 뿐
　그 싸움에 대해선 아무도 관심이 없다
　여자의 큰소리는 그저 이웃이 다 아는 소음일 뿐이다
　술의 성질은 물과 달라서 손에 쩍쩍 달라붙어 씻어내
기 전엔 가시질 않는다
　진득진득 달라붙는 그것들을 차마 씻어내지도 못하고
　다시는 싱싱하게 일어설 수 없는 장승처럼 쭈그리고
앉아 남자는 중얼거린다
　설령 내 죄라 하더라도
　사람에게 휘둘리는 짓, 일생을 두고 못할 일
　저 여자와 당장 끝내버려야 해 그러나 어떤 길도 보이
질 않는다
　다만 아파트 울타리 가득 개나리가 숨 막히게 피어 있
다는 것
　침대 밑에 숨어있던 강아지를 안고 남자는 울었다
　이 불행의 대가로 얻을 수 있는 건 무엇인가
　별 같은 눈을 하고 방구석에 웅크리고 있는 아이 둘
　남자의 흐린 가슴에 노란 꽃가지를 드리운다
　아이들의 볼이 돌부처의 뺨처럼 차다

심야··· 횡단보도

심야···

당신의 손 팽팽히 잡고 4차선 횡단보도를 성큼성큼 건넙니다

어머니 마음 같은 녹색 신호등이 노심초사

출발하자마자 눈을 깜박이기 시작합니다

빨간불이 오기 전에 어서 건너라

쉼 없이 깜박이며 어깨를 두드리고 등을 밉니다

7월의 비가 종종걸음으로 납작한 길을 헤칩니다

어눌한 아스팔트 길은 가만히 드러누운 채 그저 눈 꼬옥 감고 말이 없습니다

가로등에 비치는 빗줄기가 수많은 점선으로 토막져 내립니다

비는 차라리 땅속에서 끓어올라 길 위에 넘칩니다

넘쳐도 넘치지 않는 길 마음 놓고 넘치고 싶은 길입니다

출렁이는 빗물을 헤치며 좌우 살피는 당신의 손아귀에 힘이 더 주어지고

우리는 재빨리 건너편 인도에 도달합니다

속절없는 안도의 한숨 따윈 쉬지 않습니다

좌우는 살피되 뒤돌아보지도 않습니다

건너편 길이 물끄러미 우리를 바라봅니다

　길 양 끝을 잡고 달리는 차들의 불빛이 길의 간격을 말
해줍니다

　당신의 입가엔 심야를 뒤흔든 엷은 미소가 돕니다

　길은 결국 곡선입니다

　살아있다는 것이 못 견디게 아름다운 순간입니다

　당신의 손을 꼭 잡고 건넌 심야의 그 길을 나는 아프게
사랑합니다

　내 손 꼭 잡고 횡단보도를 건너 준 당신의 그 묵묵한
손을 나는 그지없이 사랑합니다

　비 오는 날 비에 젖어 나는 밤새들의 그 오랜 흐느낌을
사랑합니다

　우린 잦아들 줄 모르는 사랑이란 영혼을 품고 있습니다

폐차를 하며 쓰러지는 법을 배운다

이십 년 넘게 몰던 차를 폐차한다

그를 폐차장에 버리고 돌아서자 비가 내린다

한 음 내리지 않으면 부를 수 없는 노래처럼

끼익끼익 있는 대로 음을 높여 소리 지르기도 하고

가래 걸린 목구멍처럼 꺼억꺼억 숨이 차오르기도 하는 그를

그래도 사랑하는 일은 폐차장에 버리고 돌아서는 일이다

물론 그는 내게 올 때부터 중고였으므로 굳이

가책의 눈물 따위를 생각할 필요는 없다

걸핏하면 시동을 꺼뜨리는 횡포를 일삼았고

잘 나가다가도 길 한가운데서 넙죽 퍼져버리기 예사여서

정비공장 뿌연 불빛 아래 선 채로 밤을 새우게 했던 그였으므로

굳이 그와 함께 평생 고속도로를 달릴 수는 없다

비를 맞으며 위반한

속도위반 신호위반 주차위반으로 밀린 과태료가 백만 원이다

사회의 동의 없이 숨어서 지은 내 죗값이 고작 백만 원이라니

40

이십 년 저지른 그 많은 위반의 죗값 치고는 제법 싸다
폐차장에 그를 버리고 비를 맞으며 돌아서는 길
납작하게 눌린 쥐포처럼 한 장 뼈만 남기고 간 그에게
서 비로소
냉담히 맞서다가 뜨겁게 쓰러지는 법을 배운다

점안식 하는 날

춘천시 의암호 근처 그 어디쯤을 지나다가
장승을 빚고 있는 한 사내를 만났던 것이다
사내는 마무리 칼질을 하기 위해 장승의 눈자위를 다
듬고 있었는데
마침 점안식 하는 날이라고 한다
장승을 두고 점안식 한다는 말은 금시초문
얼씨구 이것이 바로 부처를 만나는 길이다 싶어 작정
하고 지켜보는 나에게
점안식이란 죽은 나무에 생명을 불어넣는 일이라며
사내는 마당에 장승들을 쭉 둘러 눕혀놓고
툭 불거진 눈자위에 시커먼 먹물을 꾹꾹 찍어 넣었는데
막 점안이 끝난 장승들이 일제히 너털웃음을 터뜨리며
덥석 내 손을 잡아끌었던 것이다
엉겹결에 잡아버린 까칠하고 뜨듯한 장승의 손에서
생명의 온기가 순식간에 내 이십만 리 혈관을 타고 좌
르르 흘러
그때 나도 영락없이 한 사람 장승이 되고 말았던 것이다
나는 장승들을 따라 이리저리 마당으로 문간으로 춤추
듯 돌아다니다가

밤늦도록 막걸리를 마시며 한바탕 웃고 떠들며 놀았는데
서울로 돌아오는 길에 문득 당신을 생각하다가
점안은 정작 나에게 필요했다는 것을 알았던 것이다
눈을 뜨지 못한 장승처럼 살아오던 내가 당신 곁에 누워
한평생 점안식 하는 날을 기다려왔다는 것을
툭툭 불거진 내 증오와 죽음의 눈자위에
장승의 손이 시커먼 먹물을 꾹꾹 찍어 나를 점안해주
었다는 것을
비로소 알 수 있었던 것이다

너의 등

함께 산다는 것은 너와 나의 등이 점점 무너져가는 것
이다
야간병원 응급실에서 늑막에 고인 물을 빼기 위해
긴 주삿바늘을 든 의사 앞에 둥글게 구부리고 있는 너
의 등을 보았을 때
오랜 시간 나를 짊어지고 온 네 등의 검고 깊은 자국을
보았네
나는 뒤편에 서서 긴장한 몸을 차갑게 떨며
고이는 눈물을 다시 눈으로 삼키기 위해 하릴없이 응
급실 자동문만 들락거렸네
응급실 바깥 정원의 라일락 향기가 잠시 따라 들어와
포르말린 냄새를 살짝 밀어냈을 때 나는 우리 청춘의
교정을 생각했네
그날 라일락 향기 아래서 네가 나를 짊어지기 시작해
이십 년 꼼짝없이 불평 없이 그대로 나를 지고 왔다는
것을
너의 등에 나를 맡기고 나는 단 한 번도 내려오지 않았지
너의 등에 나를 짊어지고 너는 단 한 번도 내려놓지 않
았지

44

무거운 나를 짊어진 채
바리게이드에 걸려 넘어지고 빗길에 미끄러져 넘어지며
나무가 물을 먹듯 술을 먹던 남자야
오늘 응급실에 실려 온 너의 등을 보고서 비로소 생각
하네
나를 짊어진 채 축축 비를 맞으며 서 있는 너의 등에서
나는
자정이 넘기 전에 훌쩍 내려서야만 한다는 것을

숟가락질

왼손에 잘못 쥔 숟가락 오른손에 옮겨 쥐는데 평생이
걸렸다
때론 밥상에서 한 발짝 멀어지는 것이 두려워 몸을 떨
었다
왼손이 아는 기억 말끔히 지워내야 오른손이 처음부터
시작할 수 있다
한 기억을 철저히 비워내기 위해 얼마나 많은 숟가락
질을 반복했던가
복작거리는 뱃속의 그 은밀한 작업을 내 어찌 알랴만
목구멍이 막혀도 이를 악다물고 나는 왜 먹어야 했는지
평생의 숟가락질이 아카데미즘을 넘고 도를 넘고 사상
을 넘는다
숟가락질이 법이고 밥이고 똥이다
숟가락을 응시하며 벌린 입으로 욕설과 하품과 꿈과
시대가 줄을 꿰고 몰려온다
먹고 나면 아침이 오고 아침이 와도 해가 뜨지 않는다
이제 왼손은 상대하지 말자
오른손의 입장을 왼손이 차마 알 리 없다
소금에 콱 절여진 심장으로 나는 오른손에게 물었다

어떻게 살아야 하는지에 대해 물었고

오늘의 통곡이 왜 어제의 통곡과 같은지에 대해 물었다

평생의 숟가락질은 평생의 집요한 아픔을 쥐고 흔드
는 일

아픔을 쥐고 뒹굴다 잠자리 날개처럼 말라버린 이 묵
묵한 손

오른손은 이리 오래 말이 없다

그린벨트

이제 이혼하지 않고도 다른 상대와 사는 법을 배워야
할 때
자연과 관계없이 사회가 멋대로 만든 법칙 때문에
한 사람에게만 심장을 맞대고 정열을 쏟기에는 우린
아직 젊다
날마다 그린벨트에 묶여 살아
오늘도 그린벨트 저 너머에는 심장을 맞댈 수가 없다
가장 아름다운 것은 가장 저속한 것이 되어버린다
그린벨트 밖의 사랑에는 순수를 말하지 않는다
보풀이 부풀고 닳아빠진 사랑으로 머물게 한다
사회는 여전히 넓어 푸른 숲에 장막을 친다
우리의 숲은 나날이 푸르나 하루도 날짐승이 찾아들지
못한다
'개발제한구역'이라고 적힌 시멘트 기둥이
삼십 년 세월을 견뎠고 이젠 풍화가 끝났다
땅속 깊이 퇴적되어 '개'자 하나 땅 위로 드러나 있다
꽃을 피워도 나비가 없고 열매를 맺어도 벌이 없다
수난은 오히려 우리를 단련시켜 희망 없이도 하루를
산다

어쩌다 사는 것이 그린벨트가 되었는지
변절을 용서한 죄 크다

자명한 연애론

섹스는 사랑하는 사람끼리
가장 가까이 가장 깊이 다가가려는 몸짓이다
한철 들끓는 피 용기 있게 활용하라
지금 이 시간은 우리에게 남아있는 시간 중에 가장 젊
은 시간
사랑은 서로의 심장이 맞닿는 일 사랑하는 일을 뒤로
미루지 말라
미처 피할 사이도 없이 날아드는 어지러운
사랑도 절망도 한 사람 앞에 한 번뿐
지금까지 나를 성장시킨 건
가르쳐주지 않아도 할 수 있는 자명한 연애
남몰래 허용된 기적적인 나의 사랑아
나이로 차별 않는 오늘의 연애여
저지르면 내 몫이다

2부

녹 같은 연애를 했다

아우슈비츠 이후

아우슈비츠를 다녀온
이후에도 나는 밥을 먹었다
깡마른 육체의 무더기를 떠올리면서도
횟집을 서성이며 생선의 살을 파먹었고
서로를 갉아먹는 쇠와 쇠 사이의
녹 같은 연애를 했다
역사와 정치와 사랑과 관계없이
이 지상엔 사람이 없다
하늘엔 해도 없다 달도 없다
모든 신앙도 장난이다

다시, 묵비

이승의 일
저승 가서도 고자질 마라
당장 잡혀갈 놈 수두룩하다
저승 가면
어떤 일도 말하지 말라고
아무것도 일러주지 말라고
그들은
솜으로 내 입을 틀어막고
말 날까 봐 소리 새어 나올까 봐
구멍이란 구멍은 모두 막았다
나는 죽었다
증거 인멸을 위하여
내 주검 속에 들어 있는
그 많은······
말 못할 사리들

주꾸미

밥상에 놓인 새끼 주꾸미
온몸을 바쳐 발가벗고 앉아 있다
혼수상태로 질근질근 씹힐 때까지
그 큰 대가리 쳐들고도 무방비다
사람들의 주린 배가 수탈이었음을
그때 우린 몰랐다
한입에 몰아넣어도 묵묵부답인 채로
헐떡거리며 사는구나
살의의 이빨을 두려워 말라
거두어간 뒤의 텅 빈 접시가
우리에겐 오히려 풍요다

초가을

지리산 뱀사골 졸참나무 아래
풍욕 하는 한 사내가 太자로 누워 있다
맨몸을 낙엽 깔린 바닥에 바싹 붙이고
하늘 향해 사지를 척 벌리고 드러누워 있다
아버지가 임종 전까지 꼭 쥐고 계시던 거
오줌 호스를 끼우기 위해 간호사가 건드릴 때마다
어설픈 한 손으로 가리기를 먼저 하시던 거
그 늙은 소년의 수줍음이
거기 그 졸참나무 아래 솟아 있어
산다는 건 결국 사타구니에 점 하나 찍는 일
점이 무너지면 大자로 뻗어버리는 일
깨벗고 꽈당 드러눕기만 하면 꼿꼿이 일어서는
단단히 점 하나 콕 찍고 누웠다가도
낙엽 하나 툭 떨어지다 건드리면
太자는 大자가 되고 마는

55

심야영업

이토록 상대를 황홀케 하는 노동이 어디 있으랴
어쩌다 나는 젊은 적도 없이 늙어버렸네
안아줘도 울고 업어줘도 우는
이 땅의 모든 사내 내 아들아
벗어놓은 몸 얼른 주워 입고 오라
마흔 넘게 살찐 시간을 수락한 죄로 나는
밤낮 비계에 푸욱 파묻혀 젖먹이 사내를 기다린다
바닥까지 흘러내려 온 내 사랑의 비계덩이는
감꽃처럼 깜박깜박 말라간다
불혹에 닿아 죽어도 용서 못 할 일 그 무엇 있을까
⋯⋯하품이 난다
밤새 달려와 내 마른 젖을 빨 거라
세상의 모든 사내 내 아들아
젊은 적도 없이 늙어버린 오! 아들아

배꼽

배꼽도 입이었다
출생의 상처만 남기고
그만 입을 다물어버렸다
열쇠도 없이 영영 꼭꼭 다문 입
불가항력 어머니의
영원한 비밀계좌

안간힘

새끼 게 한 마리
남도 갯벌 위 바다를 버리고 기어간다
허연 거품 입에 물고 죽기 살기로 기어간다
가는 데까지 가더라도 흔적일랑 남기지 마라
떡 벌어진 부리가 무자비하게 쫓아온다
더 이상, 구멍은 구멍이 될 수 없다
질질 끌려간 자국도 남기지 마라
오오 너만은 살아 있으라
여지없이 낚아채는 이유 알건 모르건
파도야 목 쭈욱 밀고 들어와 빨리 흔적 지워주렴
어미처럼

닭발

닭은 발로 걷는 것이 아니라 손으로 걷는다
손으로 땅을 떠받치고 물구나무 선채 걷는다
날마다 오체투지 하며 걷는다
신사동 텐트빠에서 우리가 술안주로 주문한 닭발은
닭발이 아니라 손목이 싹둑 잘린 아주 작은 손들
커다란 접시 위 살짝 오므린 손가락들이
죽어 딱 한 번 하늘을 향해 있다
손톱마저 다 뽑힌 뭉텅한 손가락
저! 소신공양하는 손

물 먹지 않기 위하여 노력한 시

그동안 나는 물을 너무 많이 먹었다
물 한잔하고 가라고 바람난 강물이 내 옷깃을 붙잡아도
지금 나는 결코 물을 먹지 않는다
물을 먹지 않아야 내가 물 되지 않을 것 같아서
물이 되지 않아야 내가 물 먹지 않을 것 같아서
나는 기어이 물을 먹지 않는다
목이 타고 끝내 몸까지 말라 없어지게 되었을 때
다솔사 마당의 텅 빈 나무속에 들어가 쪼그리고 있을
뿐이다
쪼그린 채 갈증이 허연 혀를 내밀고 쓰러지면
속이 텅 빈 나무 꼭대기의 하늘로 뚫린 구멍 속으로
하나 둘 눈물 그렁그렁 맺힌 별들을 따먹을 뿐이다
목이 탄다고 물을 먹는 일은 아무래도 물 되는 일이다
목이 탄다고 물을 먹는 일은 아무래도 물 먹는 일이다

초여름

탱자꽃이 폈다
벌떡 일어나 방의 배치를 달리하고 싶었다
장롱을 옮기니 양말 한 짝 나자빠져 있다
발이 묶여 오도 가도 못하고
농짝의 육중한 무게를 긴 시간 견디고 있다
다시 걸을 수 있을 때까지
깜깜한 농짝 귀퉁이에 축 늘어진 몸 걸치고
세월을 기다린 충직함에 목이 아리다
푸석푸석 붙어있는 먼지 툴툴 털고 이젠 가야 한다
너무 오래
보이지 않는 곳에서 일어나는 일에 대해
아무 일도 없는 듯 잊고 살았다
서슬 푸른 탱자나무가
안으로 안으로만 가시를 세우는 줄도 모르고

홍시

늙었으나 익지 않은 것
익었으나 늙지 않은 것
주물러 무른 감도 떫기는 마찬가지
그늘에서 실실 말려야 맛이 드는 법인데
살과 뼈 다 털린 할머니 뱃속
든든히 채워주기 위해
오늘도 오글오글 베란다에 누웠다
가시나들
볼록볼록 빨간 맨가슴을 드러내고

조용한 참사

한 치 더 높이 날았다간 지옥행이다
여름밤 공원의 작은 나무 사이사이
아가리를 쩍 벌린 해충퇴치감전등이
긴 목을 쭉 빼고 서 있다
목숨을 움켜쥐고 줄줄이 날아든 날벌레들
통제도 없는 접경을 날아오른 익명들의
단 한 번 저항도 없는 죽음
차라리 공원에 여름이 찾아오지 말았어야 해
오늘도 저 고압 전류에 찌직찌직 난사 당한
목숨의 파편들
총성만 들리고 총알 박힌 흔적은 없다
이 날벌레들의 참극 이후에 오는
인간의 무절제한 평화
어떤 정치성도 이 참사에 대해선
아무 말이 없다

꼭지

누렇게 뜬 배를 깎는다
칼끝으로 꼭지를 파낸다
마지막까지 몸을 물고 버텼을 꼭지의 매듭
꼭지는 매듭의 흔적이다
엄마가 태어날 때 이미
엄마 뱃속에 내가 있었던 거다

누에고치

누에가 고치 속에 드러눕는다
이승의 마지막은 저렇듯
고치 속에 한 획으로 드러눕는 일

냉동고추

찌개가 끓고 있다
바글바글 끓는 냄비 속으로 들어갈 냉동고추가
냉동실에서 나오자마자 죽은 성기처럼 물컹하다
뻔하다
그 구멍엔 죽어도 들어가기 싫은 것이다
그곳에 들어가면 꼼짝없이 죽는다 아는 것이다
구멍도 하나 목숨도 하나
반쪽짜리 구멍은 없고 반쪽짜리 목숨도 없다
하나의 구멍 앞에서 오로지 하나의 목숨 앞에서
나는 늘 냉동고추처럼 위태롭다
모든 경계에서 우리는 싸우고 죽는다
해빙기에서 나는 죽는다
냄비는 헐떡이며 입만 벌리고 있을 뿐인데
숨구멍을 막을수록
입은 더 필사적으로 벌어졌을 뿐인데
격렬한 몸싸움도 없이
냉동고추는 죽는다

멍

색깔엔 늘 안간힘의 작용이 있었다는 것
베란다에 둔 가을무가 오글오글 노란 싹을 틔우곤
물컹 썩었다
목까지 차올라 멍이 드는 무의 푸른 고통을 견디며
가슴속에 수없이 쓰고 지우던 푸른 글씨들은 물이 되
었다
퍼렇게 멍 오른 알몸으로 서로 부둥켜안고
참 무던히도 파닥거렸을 거다
아팠던 자리에 꽃이 피고 흔적 있는 자리가 더 맛이 나
는 법
절정으로 치닫는 마지막 순간은 이렇듯 빛나는 색깔이
있다
저편으로 넘어가는 석양이 그렇고
단풍든 낙엽이 꽃이 그렇고
삶의 끈을 놓은 이들의 낯빛이 그렇고
무의 노란 싹이 그렇다

모순에 대해

쥐 잡으려고 독약 섞어놓은 고구마를
쥐는 먹지 않고 강아지가 먹었어요
강아지는 마당에서 사지를 퍼덕이며
앞산 메아리와 함께 죽어가요
강아지가 죽어가는 마당 울타리의
꽃들이 미쳤어요
종일 웃고 있어요
어머니는 그 울타리에 빨래를 널어요
웃고 있는 꽃들에게 찬물을 끼얹어요
마루 끝에 우두커니 앉아 마당을 지켜보던
뇌수술을 마친 아버지가 나더러 여보라 불러요

불법주차

지금 당장
휘청거리는 나를 주차시켜야 한다
너무나 간절히 원하나 원할 수 없어
오늘도 넘지 말아야 할 황색선에 섰다가
하마터면 고삐 꿰어 질질 끌려갈 뻔했다
오오 넘어서고만 싶은 이 금지된 유혹
댄서의 호들갑처럼 할딱거리다가
후다닥 신발 고쳐 신은 적 한두 번 아니면서
이렇게 허겁지겁 수십 년을 살았다
선 너머 머리 한번 눕혔다고 뭐 죄송할 거 있나
속죄할 거 있나
냉담하게 드러누운 선
맹렬히 뚫고
오늘도 결코 항복하고 싶지 않은

헛바닥

고속도로 요금소 통행권 발행기가 뜨끈한 혀를 쑥 내
민다
앞차가 여지없이 발행기의 내민 혀를 쑥 뽑아 가고
뒤의 차도 주저 없이 발행기가 또 내민 혀를 뽑는다
하루에 수천 개 혀를 뽑히고도 살아남은 발행기의
저 수많은 헛바닥들
한 입에서 저토록 많은 혀가 쏟아질 수 있다니
뽑는데도 연습이 필요하다는 것
수천 번 뽑히고도 입을 봉해야 살 수 있었던 헛바닥들이
이제야 한꺼번에 와르르 쏟아지는구나
목적지 요금소에 다다르면
아무런 시비 없이 흥정 없이 값만 치르면 되는
비교적 싼 혀가

평생과업

난 당신 아기를 평생
내 배 안에서 키울 것이다
더 이상 가위눌리지 않게
목도 없이 발도 없이
무중력의 알처럼
풀밭에 뒹굴다가
이슬의 아기를 가져도
풀잎에 이슬을 낳지 않을 것이다
아기를 배 안에서 키우는 일은
내 평생과업
찬송 없이도
어쨌든 살아만 있으라

동물원 사람들

동물원에 야생성을 잃은 사람들이 산다
동물들이 지어준 쇠창살 우리에 갇혀
동물이 던져주는 먹이를 넙죽넙죽 받아먹고
동물들에게 구경거리만 부여할 뿐
동물원 창살에 꽁꽁 묶여 오직 사육당할 뿐
살림을 차리고 신방을 차렸으나 사랑하질 않는다
웅크린 채 자고 나면 하루가 가고
잠을 깼지만 잠이 깨지 않는다
부러진 부리로 몇 날을 가슴 콕콕 쳐야
물증도 없는 긴 유폐로부터 풀려날까
쩌렁쩌렁 얼어붙은 물통의 귀퉁이를 한없이 핥아내도
날은 좀체 풀리지 않아
하루를 끌고 온 동물들이 다시 철컥
쇠문을 열고 물과 먹이를 던져주고 돌아간다

경계

쫓고 쫓기는 경계는 어디까지냐 시청 앞 시위현장에서
내가 도망쳐 재래시장 소방도로를 위급하게 달릴 때 단
속반에게 걷어채어 나뒹구는 복숭아를 두서없이 주워
담던 할머니는 그날 나보다 더 위급했다

3부

느닷없이 왔다 어처구니없이 가는 것들

분만실까지

내 생전 이보다 더 따뜻한 연애가 있었을까
뒤틀리는 아랫도리 분만실에 겨우 세우고 파르르 떠는
내 어깨를
그 의사의 하얀 팔이 감쌌다
집에 아무도 없어요
나는 열 달 내내
출산을 위해 챙겨 두었던 가방을 들고 혼자 분만실까
지 왔다
눈만 흘겨도 애를 배는가
그 그믐밤 꼭 한 번 밤꽃 아래 잠시 입 벌리고 누웠을
뿐인데
어둠 속에서 사내도 없이 달의 배는 점점 커져갔다
그날 밤 강 건너 깜빡이는 담뱃불을 따라가지만 않았
어도……
살면서 내가 선택한 그 많은 일들
기어이 잘못된 선택이었다고 소리 없이 운 세월 뒤로
소등된 골목에 새벽별들만이 찬 빛을 뿜어내고 있다
그간 밖에서 있었던 일 백의의 의사에게 모두 일러바
치고

서러웠어요 여름날 매미처럼 소리 내어 울고 싶었어요
　서장대를 넘어가던 촉석루 새벽달이 남강의 깊은 물
속을 들여다본다
　까맣게 타버린 내 야윈 가슴과
　논개의 열 가락지 사이사이로 살찐 물고기들이 어렵사
리 오고 간다
　남강의 새벽공기는 차고 물결은 푸르러 차라리 검다
　기울던 새벽달이 다시 촉석루 정수리에 초승달로 떠올
라도
　누가 어찌
　표나지 않는 내 아랫도리의 죄를 물을 것인가

가령,

가령 내게 암내가 난다면

넌 내 겨드랑이에 코를 박아 자반고등어처럼 몸을 포개고 나붓이 누울 수 있겠니

가령, 두 길 사이 양다리를 턱 걸치고 서있는 육중한 육교가 갑자기 바람에 휙 날아간다면

너도 육교를 따라 바람처럼 날아갈 수 있겠니

가령 뚱뚱한 몸으로 비좁은 두 이빨 사이에 몸을 걸치고 이곳 저곳 자리를 옮겨가며 쑤셔대는 이쑤시개를 반려로 맞으라면 넌 그럴 수 있겠니

가령 날마다 바람으로 내통하는 앞 베란다와 뒤 베란다의 내막을 뻔히 아는 거실인 네가 아버지라면 베란다를 며느리 삼을 수 있겠니

가령 비 오는 날 주점에서 미니스커트 미끈한 다리의 만취한 아가씨가 우산꽂이에 거꾸로 박혔다면 오감이 흩어진 사내인 네가 온전히 바로 세워줄 수 있겠니

가령 할머니에게도 올라타고 엄마에게도 올라타고 딸에게도 올라타는 수탉의 내막을 뻔히 아는 부화장인 네가 그런 수탉을 사위 삼을 수 있겠니

가령 차가 밀리는 곳은 관세청 사거리만이 아니라 햇

살이 쫑알쫑알 차들의 정수리를 쪼아대는 곳이라면 다 밀리는 줄 아는 네가 알을 깨고 나오기만 하면 다른 암 닭들이 쪼아 죽이는 닭장으로 광화문의 뻐적지근한 어 깨들을 불러들일 수 있겠니

　가령 31일을 넘어본 적이 없는 달력을 붙들고 32일에 만나자는 사람과 약속하라면 넌 그럴 수 있겠니

　가령 물난리 난 곳에 가장 필요한 건 물이며 불난리 난 곳에 가장 필요한 건 불이라며 물난리에 물을 퍼붓고 불 난리에 불을 지르는 사람이 간장 종지의 소금 사리라면 넌 그를 부처로 모실 수 있겠니

발바닥

응급실엔 발바닥이 먼저 도착하는구나
사람들이 종종걸음으로 달려나와 구급차의 뒷문을 위
로 젖히자
가지런히 세운 두 발바닥이 보였다
그의 발이 아니다 그의 발바닥이 아니다 저렇게 작을
리 없다
삽바를 차고 모래판을 뒤집던 각질 두툼한 그의 맨발
이 아니다
무논의 크고 깊은 발자국
화락화락 달려온 그의 발바닥이 아니다
아니다 아니다 구급차를 뒤로하고 우리가 돌아서자
문병 나온 찬바람이 웅성거리며 우리를 돌려세웠다
살은 모두 흘러내리고 뼈와 거죽만 일렁이는 팔다리와
가늘어지고 작아진 발 뒤로
한 번도 수태受胎해보지 못했음에도
열 달 내내 수태水胎해 부어오른 그의 배가 둥실둥실 따
라나온다
응급실 자동문은 굿당의 꽹과리 소리보다 바빠서
그의 몸은 삼지창 아래서 꼼짝 못하는 돼지의 하얗게

벗은 몸
　하얀 발바닥
　목숨을 지키기 위한 필사의 노력도 없이 쉬고 있는
저,
　저 꼼짝없는 발바닥

시계초

강북삼성병원 제3수술실
심부전증 김씨가 창백한 미라처럼 수술대 위에 누워
있다
그는 출근 시간을 초침처럼 째깍째깍 지켜야 하는 월
급쟁이이므로
심장이 멈추거나 절대 꺼져서는 안 된다
갈비뼈를 들고 심장을 들어내고
수술실 사람들의 손길은 뭍으로 오르는 물고기 떼처럼
움직인다
그의 호흡이 수술에 가담한 사람들의 손에 의해 일시
정지되고
수술을 끝낸 심장의 재가동을 위해 호흡이 유도될 때
그 아래 그의 꼼짝없는 몸부림은 단 한 번의 호흡을 위
한 것이다
후~
첫 숨을 터뜨리지 못하면 죽는다
죽을힘을 다해 숨을 터뜨리지 않으면 영영 꺼져버린다
그의 귀 주위에는 어머니의 눈물 섞인 기도가 들리는데
경솔하신 나의 하느님은 자신과 가장 닮은 어머니를

만드시고는 어딜 가셨는지
　링거의 주사액같이 똑똑 떨어지는 어머니의 눈물을 받
아먹고도 그는 숨 쉴 줄을 모른다
　멈추면 안 된다 꺼지면 안 된다
　심장이 뛰는 시간 우리가 뜨겁게 하루를 사랑해야 할
시간
　사랑은 시계초보다 더 빨리 피고 지므로
　째깍째깍 우리가 사랑할 수 있는 시간이 간다
　꺼지면 안 된다 절대 꺼지면 안 된다
　그는 다시 수술실에서 죽은 산 사람
　월급쟁이 김씨의 가슴에 째깍째깍 심장박동기가 돈다
　인공심장신분증을 받은 김씨는 알고 있다
　그날 삼킨 눈물이 아직 입안에 남아
　혀 밑에서 동글동글 말라간다는 것을

연鳶, 곤두박질치고 마는

후두암 수술을 앞두고 틀니를 뺀 아버지의 잇몸이 해
송처럼 푸르다

겨울날, 연날리기를 위해 손을 오그리고 연의 좌우 수
평분할을 하듯

아버지의 몸 이쪽 저쪽을 떼어내고 붙이고 적용하는
일 몇 번이었던가

그 얇디얇은 몸은 몇 번이나 수술대에서 들끓었는지
모른다

목구멍 안에 살아있던 자식들 모두 병원 복도에 나란
히 부려놓고

당신은 재물이 있는 곳에 다툼이 있다는 것 따위엔 관
심이 없다

그저 겨울나무 같은 빈 몸에 거죽 하나 휘휘 두르고 대
기실에 누워 있다

이미 천근의 무게가 가슴을 짓누르고 있었을 법도 한데

옆에 반쯤 쭈그리고 서서 당신의 가슴 위로 내 팔을 올
려놓으니

무겁다 내려놓으라 침묵의 깊이로 내색한다

이제는 내 작은 팔 하나의 무게에도 힘겨운 당신

사람은 저마다 죽을 때까지 숨 쉴 횟수가 정해져 있는
거라고
  병상에 납작하게 붙어서 남은 숨의 소리만 똑똑 세고
있다
  마른 입술도 수화도 응답을 멀리한 지 오래
  종이연처럼 가벼워 바람 없이도 솟구쳐 오를 것만 같
은 아버지는 지금
  쓰다 버린 신문지로 만든 연의 공중비행을 시도하고
있다
  순간에 수직으로 곤두박질치고 마는 가차 없는 연이
  한바탕 격렬히 휘둘리다 수술실 바깥의 나뭇가지에 걸
렸다
  무게 중심의 한 치 오차도 허락지 않는 고약한 연이

금낭화

언니는 미친년이었다
무엇을 보더라도 개구리알 같이 웃기만 했다
장목*을 달여 먹이면 낫거나 죽거나 둘 중 하나라고
무당이 할아버지에게 일렀다
오빠의 억센 손아귀에 언니의 턱뼈가 벌어지고
할아버지는 장목 달인 물을 입속에 밀어 넣었다
웃음을 놓아버린 언니의 입에서 바글바글 하얀 거품이
피었다
미친년 미친년…
할아버지의 주문 같은 중얼거림을 들으며
그 일을 나는 숨어서 지켜보고야 말았다
하느님 짓은 분명 아니다
무겁고 슬픈 몸부림 위로 어느새 햇살이 퍼지기 시작
했고
골방에 뉘인 언니의 머리는 북쪽으로 향했다
먹이를 찾아 산에서 내려와 눈밭에 미끄러져 죽은 노
루 같은
언니의 목덜미에 얼굴을 묻고 나는 새끼노루처럼 꺼억
꺼억 울었다

유성이 내어놓은 하늘의 길을 따라 언니는 가고
장목 무성하던 그 무너진 담 밑에는
고개 숙인 금낭화 그렁그렁 눈물로 맺혔다
대명천지
한 떨기 산발한 비명과 함께

* 장목: 중추신경 흥분 약초. 줄기를 달여 사람이 먹으면 사망에 이르기도
  한다.

꽃피지 마라

꽃 핀 것도 부끄럽다
꽃잎 날리는 거리에서 구급차 소리로 온 아들 가슴에
묻고
이듬해 오월 그대는
삼십 년 동안 마당 울타리 가득했던 장미꽃 넝쿨을 베
어버렸다
꽃피지 마라 울타리 가득 꽃이 핀 것도 부끄럽다
슬픔이 너무 많아 가슴 가운데 구멍이 뻥 뚫린 관흥국
사람처럼
그대 가슴에서 등으로 관통한 구멍 속에는 장미 가시
가 솔솔 돋아나왔다
그렇게 하루 이틀 통곡의 가시에 짓이겨진 가슴 움켜
쥐고
그해는 그대가 아들을 보내고 올해는 내가 그대마저
보내네
억울타 억울타 산 것이 억울코 억울타 억울타 속은 이
생이 억울타
그대가 부른 병상의 만가 귓전에 생생하여
그해의 그대 마음 올해 내가 차마 알 것 같네

장롱 안의 두꺼운 옷가지 미리 태워버리고
넘기지 못할 겨울을 예감했을 사람아
지금은 그대 떠나고 다시 첫 오월
빈집 울타리 사이사이로 다시 솟은 장미가 넝쿨째 떨
고 있네
꽃 핀 것도 부끄럽다
더 이상 꽃피지 마라

묵비

지하철 바람이 웅크린 청년의 얇은 바지를 사납게 후려치고 지나간다 저 작은 몸으로 세상을 향해 무슨 잘못한 일 그리 많으랴

모든 것이 직립한 그날의 법정에서 그 허수아비 판사의 긴 옷자락이 물었다

대답이 소용없는 것들만 물었다

다 까먹고 아무리 생각해봐도 떠오르는 건

검은 양복 입은 사람들이 휘둘러 난장판이 된 마당의 헛도는 수도꼭지뿐

청년은 소리 없이 웃었다

어머니 저는 잘 지내고 있습니다 지하철 바람이 고향 집 담벼락으로 몰려가서 거짓 말씀하셔도 어머니 더 이상 울지 마셔요

날이 저물자 나무가 짖어대고 가로등이 짖어대고 별들이 짖어댄다 그래도 하늘은 더 이상 119를 보내실 생각이 없으신 듯

지나는 자동차의 불빛만 눈이 부시다

말없이도 싸우는 법을 터득한 청년의 할 말이 너무 많아 말 못할 침묵

땅! 땅! 땅! 판결봉을 두드려도 꿈쩍 않는다

까맣게 독이 올라 죽어버린 입술 사이를 아무리 후벼
파도 새삼 무서울 거 없으나

대학을 서울로 보내지만 말았어도 묵비는 그날로 끝나
는 것을

피안

꽃상여 안에 나는 몸을 숨겼다

이적물 찾겠다고 후다닥 뛰어든 그 사람들이 잡히는
대로 때려 부수고 오빠와 막판을 벌이는 사이 나는 황급
히 뒷문으로 빠져나왔다

빨리 피하라는 오빠의 다급한 목소리에 떠밀려 골목을
마구 뛰다가 위급한 마음에 겁도 없이 장의사 집으로 숨
어들었다

부러진 검정뿔테안경 콧등에 반쯤 걸치고 앉아 상여
종이꽃 접는 장의사 집 앞을 지날 때마다 시체라도 벌떡
일어설 것 같은 무시무시함에 신발 벗어들고 달리던 기
억은 순간 사라졌다

이승인 듯 저승인 듯 꽃상여 안에 몸을 숨기고 대단하
게도 나는 또다시 살아남았다

5일 장터 골목의 왁자지껄함 속에서도 오호! 상여 안
의 그 으리으리한 고요

명당은 역시 산사람에게도 명당이라

그 우쭐한 주검의 편안함에 나는 나를 산 채로 묻었다

바스락바스락 칼등으로 종이를 밀고 꽃 접는 소리를
들으며

그곳이 바로 나의 전생이자 내생이라는 걸
알 턱이 없었던
누구라도 한번 들어가면 다시는 나오지 않았던

불

혹한의 그 겨울밤
들판 비닐하우스에 불이 났다
별 소록소록 가슴에 품고 안에서 잠을 자던 청년은
허둥지둥 출입문을 찾았다
비닐을 찢고 뛰쳐나오면 되었을 걸
잠결의 청년은 비닐이 찢기면 작물이 다 죽는다는 생
각뿐이었다
세상에 그 누가 저지를 수 있는 일이란 말이냐
하느님은 아직 정신이 말짱하실 텐데
불은 순식간에 끝나고 연기는 불길을 벗어나 하늘로
올랐다
불길은 비닐하우스와 청년과 눈물의 기억까지 쉽사리
화장해버렸다
사소한 항의조차 할 수 없는
타고난 후의 검은 들판은 차라리 고요했다

깊이 우는 새

저 새는 밤에도 운다
밤이슬에 축축해진 몸을 하고
밤바람에 댓잎 서걱대는 소리 따라 저 새는 밤에도 운다
사랑도 증오도 모두 같은 급수의 독성과 같아서
눈물로 지울 수 있는 건 아무것도 없다
기다리는 시간과 멀어진 거리만큼 그리워하고
사랑과 증오의 거리는 생각 속에만 있어
울어도 눈물은 쌓이지 않기에 낮에도 울고 밤에도 운다
우리에겐 모두 느닷없이 왔다 어처구니없이 가는 것들
용서했으나 다시 용서 못 한 세월
용서하기 위해 바친 시간들이
정리되지 않은 질서 속에서도 정리되어가고 있다
먼 곳을 바라보면 오히려 더 가까운 것이 다가와
절절히 다가와
우리가 다시 돌아갈 청춘을 위하여
저 새는 낮에도 울고 밤에도 운다
시간은 잃어버려도 아직 나는 여기 있다

우두커니

죽은 손이 따각따각 내 몸을 만진다
친절한 애무가 죽음처럼 지루하다
마른 상처는 심장보다 아랫배를 더 아리게 하는 것
반복되는 덧상처가 차라리 마약이 된다
너무 아파 아프지 않다
내가 아는 이름 있는 것들 모두 사라지고 동공 뒤쪽에
고이는 비밀스런 눈물이 낮별처럼 떨고 있다
떠나고 남는 건 관습에 고삐 매인 끝 모를 슬픔
가슴속에서 까무룩 죽은 애인을 옮겨놓는 동안 앞산의
하얀 해가 지고 빽빽한 어둠이 내렸다
어둠 속에서도 딸기꽃은 또 한 번 피고 졌다
다음 계절을 준비하는 풀벌레들의 부산한 몸짓 앞에
오랜 시간 남몰래 쌓은 탑 또한 내려앉는다
시간은 나를 물고 가버린 개
꿈 없는 시간이 저토록 슬픈 꼬리를 살래살래 흔들며
늘 같은 소리로 짖어대고 번식만 일삼을 뿐
맹세는 이내 흩어지고 사랑은 여전히 우울해
우울이 심장 안에서 터지도록 할딱거리는 야성은 개의
발정과도 같은 것이다

날카로운 송곳니를 드러내고 물어뜯을 듯 짖어대고 싶
지만
　칼을 맞고도 쓰러지지 않는
　내치지도 못하는 나는
　한 생애 내내 우두커니 사육당하고 있다

소금꽃

올해 다시 피는 꽃은 작년에 시들어 떨어진 꽃을 보지 못했
기에 피는 것이다
타인의 죽음을 보고 죽음을 두려워하듯이 보지 않았으면 두
려워할 것이란 아무것도 없다
이별을 예비하면서도 기쁘게 만나고 죽음을 예비하면서도
삶을 시작 한다

소금과 관계 맺고 사는 일이 쉬운 일일까
나는 퉁퉁마디
적게 먹어도 죽고 많이 먹어도 죽는 소금 같은 풀
염전에 하얗게 번지는 소금꽃과 소통하는 퉁퉁마디
소금꽃은 소금결정을 모으고 결정은 한 알의 소금이
되고
계절도 없이 시간도 없이 피는 너는 소금꽃
경계는 생각보다 얇아
하늘에서 와 바다에서 핀다
햇볕과 바람의 내통이 소금꽃을 피운다
하얀 소금꽃을 기다리며 염전 옆에 붉게 피는
내 몸은 퉁퉁마디

홍수 또는 복수

몸에도 수몰지구가 있다
강남대로 쪽빵 아가씨의 다리는 내 키 높이
키 큰 다리는 물에 잠기지 않아
얄싹한 허리에 빙빙 도는 나비같이
홍수 난 내 가슴속으로 살풋살풋 날아올 순 없겠니
아가야 집 없는 달팽이처럼
홍수 난 내 뱃속으로 굼실굼실 기어올 순 없겠니
호칭에도 곡진한 사연이 있어 아가야
내 늙은 연애를 받아줄 순 없겠니
홍수 난 내 몸속으로 동글동글 들어올 순 없겠니
늙은 내 연애의 보람을 동그랗게 받아줄 순 없겠니

위험한 밥상

싱크대 여닫이장 한 가장자리
뚜껑이 반쯤 열린
달콤하고도 불량한 저 물엿 병에
모래알만 한 개미들이 줄줄이 끌려가 익사했다
먹이를 찾아 위험을 무릅쓰고 천리만리 달려갈 때
그 길은 다만 식사에 충실한 일에 지나지 않았음에도
많은 시간
세상에 차려진 밥상 앞에 앉기 위해
얼마나 먼 바닥을 기며 무서운 노동의 땀을 흘렸던가
그러나 먹이가 혀끝에 닿기도 전에 깨져버리는 희망
산다는 건 결국 그렇게 위험한 밥상을 구하는 일이었다
떨어지기 전
병의 입구에 매달려
세상에 걸린 줄을 놓지 않으려고 얼마나 숱하게 발을
저었을까
무서운 일이다 세상에 차려진 밥상을 찾는 일이란
앞서 간 이들의 되풀이되는 익사를 보면서도
먹이를 쫓아 반질반질해진 길을 뒤따르는 이들 역시
이 아침에도 끊임없는 발을 들여놓는다
달콤한 맛에 지옥이 함께 있다

봄눈

봄눈이 이렇게 짧을 줄이야
나 진즉 알고도 이리 서운함이야
나를 안은 그대는 봄눈이라고
불러도 이렇게 대답 없음이야

해설

생의 단층을 넘는 꿈의 물결

이 숭 원(문학평론가)

'삶'이라는 말이 있고 '생生'이라는 말이 있다. 일상생활
에서는 '생'이라는 말은 거의 쓰지 않는다. 사실은 삶이
라는 말도 거의 쓰지 않는다. 우리가 사는 모습에 대해
다소 지적인 어투로, 문어체적으로 말할 때 가끔 '삶'이
라는 단어가 선택될 뿐이다. 딱딱한 내용의 산문에서는
'삶'이라는 단어가 더러 쓰이기도 한다. 얼마 전 나이 든
여성 문학 교수와 대화를 나누다가 대한민국에서 공부
하는 여성의 어려운 사정에 대해 얘기를 했다. 그 교수
는 "우리나라 여자들의 생이 복잡해서"라는 말을 했다.
나는 그 말을 들으며 '생'이라는 단어가 참으로 적실하게
사용되었다는 생각을 했다. 한자어 '생'은 '삶'보다 무언
가 복합적이고 다층적인 어감을 함축하고 있다. 최명란
의 시를 읽으며 '삶'이라는 단어보다 '생'이라는 말을 떠
올린 것도 그것 때문일 것이다.
　　그의 시에는 여러 가지 생활의 단면들이 소재로 등장
한다. 그럼에도 그의 시는 생활이나 삶보다는 생이라는

말을 머리에 떠오르게 한다. 나의 언어감각은 그렇게 작
동한다. 다음과 같은 작품을 보자.

탱자꽃이 폈다
벌떡 일어나 방의 배치를 달리하고 싶었다
장롱을 옮기니 양말 한 짝 나자빠져 있다
발이 묶여 오도 가도 못하고
농짝의 육중한 무게를 긴 시간 견디고 있다
다시 걸을 수 있을 때까지
깜깜한 농짝 귀퉁이에 축 늘어진 몸 걸치고
세월을 기다린 충직함에 목이 아리다
푸석푸석 붙어 있는 먼지 툴툴 털고 이젠 가야 한다
너무 오래
보이지 않는 곳에서 일어나는 일에 대해
아무 일도 없는 듯 잊고 살았다
서슬 푸른 탱자나무가
안으로 안으로만 가시를 세우는 줄도 모르고
　　　　　　　　　　　　　　　　 -「초여름」 전문

　도입부에서는 우리가 흔히 체험하는 일상적인 일이 제
시되었다. 탱자꽃은 보통 5월에 피는데 진한 향기와 함
께 흰 꽃이 피는 것을 보면 봄이 가고 여름이 오는 계절
의 변화를 느낄 수 있다. 아, 이렇게 세월이 또 가다니.
계절이 바뀌면 생활의 변화를 주기 위해 가구의 배치를
달리해보고 싶은 생각이 들 것이다. 힘들게 장롱을 옮겨

보았더니 농짝 밑에 깔렸던 양말 한 짝이 발견된다. 여기까지는 누구든 경험할 수 있는 평범한 일상의 일이다.

화자는 그 양말을 보고 "세월을 기다린 충직함에 목이 아리다"고 말한다. 얼마든지 버려져도 좋은 사소한 사물로 양말을 본다면 그런 감정은 생기기 어렵다. 농짝 밑에 묻혀 있던 양말에서 생의 기묘한 사정을 감지할 때 그런 반응이 발생한다. 어딘가에 버려져 아무 말도 못하고 누가 꺼내주기를 기다리다가 우연한 기회에 세상 밖으로 나와 자기 존재의 한 모습을 햇살 속에 드러내는 그 잠복과 인고의 시간을 자신의 체험으로 환치할 때 아린 감정의 여울이 형성된다. 양말 한 짝에서 세월의 갈피와 기다림의 힘겨움과 빛의 세상으로 돌아오는 기쁨을 발견하고 그것을 자신의 삶의 전환적 계기로 삼을 때 위와 같은 시가 탄생한다. 초여름, 탱자꽃, 농짝, 양말, 먼지, 새로운 발견, 교차된 시선 등이 살아가는 일의 크고 작은 단층에 들어가 무어라고 한마디로 잘라 말하기 어려운 생의 지괴地塊를 형성할 때 안으로 가시 세우는 서슬 푸른 탱자나무의 생리가 발견된다.

> 한 치 더 높이 날았다간 지옥행이다
> 여름밤 공원의 작은 나무 사이사이
> 아가리를 쩍 벌린 해충퇴치감전등이
> 긴 목을 쭉 빼고 서 있다
> 목숨을 움켜쥐고 줄줄이 날아든 날벌레들

통제도 없는 접경을 날아오른 익명들의
단 한 번 저항도 없는 죽음
차라리 공원에 여름이 찾아오지 말았어야 해
오늘도 저 고압 전류에 찌직찌직 난사 당한
목숨의 파편들
총성만 들리고 총알 박힌 흔적은 없다
이 날벌레들의 참극 이후에 오는
인간의 무절제한 평화
어떤 정치성도 이 참사에 대해선
아무 말이 없다

　　　　　　　　　　　－「조용한 참사」 전문

　이 시는 앞의 시보다 한 단계 더 나아갔다. 보통 사람
같으면 그냥 보고 지나칠 장면인데, 시인은 현상 너머를
보는 시선으로 죽음과 삶이 교차하는 생의 단층을 투사
해 보았다. 여름밤 날아드는 날벌레들이라고 어찌 목숨
의 끈질김이 없고 죽음의 역겨움이 없겠는가. 자신의 문
제에 갇혀 있는 사람들은 날벌레의 일에까지 신경 쓸 겨
를이 없다. 그러나 세상의 사소한 움직임에서 생의 기미
를 찾아내는 시인은 날벌레들이 감전되어 흔적도 없이
사라지는 "해충퇴치감전등"을 눈여겨보았다. 그 등은 어
떻게 생겼는가? 시인은 세상의 사물을 새롭게 드러내는
창조자인 것. 살충등의 모습을 보지 못한 사람은 거의
없을 것이나, "아가리를 쩍" 벌리고 "긴 목을 쭉 빼고

서" 있는 형상으로 본 사람은 최명란 시인이 최초일 것이다. 그래서 시인에게는 창조자라는 이름을 붙여주어야 한다. 이 시에 그렇게 묘사되자 빛깔도 곱던 살충등은 어둠 속의 어린 생명들을 유인하여 먹어치우는 괴물의 형상으로 우리 앞에 나타난다. 냄새도 안 피우고 귀찮은 날벌레를 없애주던 그 고마운 등이 이렇게 기괴한 흉물이었다니.

다시 이 시를 읽어보면 시인의 섬세하면서도 예리한 눈에 감탄하지 않을 수 없다. 그 등은 "여름밤 공원의 작은 나무 사이사이"에 있다. 그 등이 있기에 여름밤에도 여유 있게 나무 사이를 산책할 수 있었던 것인데 그사이 우리 머리 위에서는 무수한 살육의 참극이 일어나고 있었던 것이다. 빛만 보면 달려드는, 형태도 제대로 보이지 않게 작은 벌레들도 "목숨을 움켜쥐고" 하늘을 나는 존재였던 것. 그 작은 생명체들은 "통제도 없는 접경을" 날아올라 "단 한 번 저항도 없는 죽음"을 맞이한다. 우리가 보기에는 마치 죽기 위해 지상에 던져진 존재처럼.

그러나 죽기 위해 태어나는 생명이 어디 있겠는가. 사람이나 벌레나 모두들 "목숨을 움켜쥐고" 살아가는 존재들이 아닌가. 형광등 주변에는 머리를 부딪치고 죽은 날벌레들의 잔해가 작은 점으로 얼룩져 있으나, 살충등은 "찌직찌직" 소리만 내며 익명의 존재들을 흔적도 없이 사라지게 한다. 「스타워즈」의 경이로운 장면처럼 "총성만 들리고 총알 박힌 흔적은 없"는 무화無化의 무기로 우

주의 평화를 유지하는 것인가? "날벌레들의 참극"에 의
해 "인간의 무절제한 평화"가 유지되는 기묘한 존재 방
식에 시인은 의문을 표명한다. 더 나아가 "차라리 공원
에 여름이 찾아오지 말았어야 해"라고 단언하듯 그러나
작게 속삭인다. 인간만의 이용후생을 생각하는 사람들
은 노여워할 발언이다. 그러나 우주 만물의 공존을 꿈꾸
는 시인은 충분히 할 수 있는 발언이다. 이런 발언이 늘
어날 때 지구에 닥쳐오는 파멸의 위기를 늦출 수 있을
것이다. 그럼에도 사람들은 그런 시적인 망상이 어디 있
느냐고 일소에 부친다.

　최명란 시인은 전 지구적 생태 위기에 맞서 싸우려는
생태론적 담론을 펼치려는 게 아니다. 그는 생의 문제에
관심이 있을 뿐이다. 겉으로 지극히 평온해 보이고 안정
되어 있는 지상의 삶 이면에 우리가 알지 못하는 많은
참사와 고난이 도사리고 있다는 점을 생각하는 것이다.
우리는 표면의 편안함에 갇혀 이면의 불편함을 보는 눈
을 잃어버렸거나 보려는 마음의 문을 아예 닫아버렸다.
그러나 접신한 영매에게는 생의 이면이 보이듯이 예민
한 시인의 눈에도 생의 착잡한 단층이 들여다보인다.

　그가 보기에 우리의 생은 '모순'이라는 것이다. "아우
슈비츠를 다녀온/ 이후에도" 밥을 먹고 "깡마른 육체의
무더기를 떠올리면서도/ 횟집을 서성이며 생선의 살을
파먹"(「아우슈비츠 이후」)는 것이 우리 사람이다. "온몸을
바쳐 발가벗고 앉아"(「주꾸미」) 있는 새끼주꾸미를 질근

질근 씹어 먹고 "손으로 땅을 떠받치고 물구나무선 채"(『닭발』) 걷던 닭발을 오독오독 빨아 먹는 것이 또한 사람이다. 그러기에 주린 배는 수탈의 전제가 되고 먹을거리가 사라진 텅 빈 접시가 오히려 풍요가 된다. 그런가 하면 "달콤한 맛에 지옥이 함께 있다"(『위험한 밥상』)는 사실을 모르고 물엿의 달콤함에 현혹되어 물엿병에 빠져 죽은 개미들이 있다. 그러나 어찌 개미만이겠는가. "산다는 건 결국 그렇게 위험한 밥상을 구하는 일"이 아니던가. 쥐약 섞인 고구마를 먹은 강아지가 죽어가는 마당에 꽃들은 흐드러지게 피어 온종일 웃고 있고, 그런 것은 아무 상관 없다는 듯 어머니는 울타리에 빨래를 널고 뇌수술을 한 아버지는 딸을 여보라고 부른다(『모순에 대하여』): 이처럼 세상은 모순에 가득 차 있다. 아니, 생은 모순으로 구성되어 있다.

접신의 능력을 가진 영매에게는 그렇게 된 계기가 있다는데 생의 이면에 도사리고 있는 복잡한 관계를 들추어내는 시인의 눈은 어디서 온 것일까? 시인은 시집 속에 많은 경험을 녹여 넣었다. 병중의 가족을 수발하며 느낀 사연들, 병원 응급실에서 보았던 처참하고 무기력한 생의 단면들, 돌아가신 아버지를 간병하던 때의 아픈 회억, 친지와 이웃들의 쓰라린 체험들, 정신이상에 시달리던 언니의 기구한 죽음 등 가혹한 내력들이 시인의 주변을 스치고 지나갔다. 그런 다양한 체험이 시인에게 생의 저층과 이면을 두루 보는 시각을 갖게 하면서 소위

비극적 세계 인식이라고 하는 틀을 의식의 안쪽에 심어 주었을 것이다. 그것은 다음과 같은 독특한 체험의 시편에 은밀히 내장되어 있다.

꽃상여 안에 나는 몸을 숨겼다
이적물 찾겠다고 후다닥 뛰어든 그 사람들이 잡히는 대로 때려 부수고 오빠와 막판을 벌이는 사이 나는 황급히 뒷문으로 빠져나왔다
빨리 피하라는 오빠의 다급한 목소리에 떠밀려 골목을 마구 뛰다가 위급한 마음에 겁도 없이 장의사 집으로 숨어들었다
부러진 검정 뿔테 안경 콧등에 반쯤 걸치고 앉아 상여 종이꽃 접는 장의사 집 앞을 지날 때마다 시체라도 벌떡 일어설 것 같은 무시무시함에 신발 벗어들고 달리던 기억은 순간 사라졌다
이승인 듯 저승인 듯 꽃상여 안에 몸을 숨기고 대단하게도 나는 또다시 살아남았다
5일 장터 골목의 왁자지껄함 속에서도 오호! 상여 안의 그 으리으리한 고요
명당은 역시 산사람에게도 명당이라
그 우쭐한 주검의 편안함에 나는 나를 산 채로 묻었다
바스락바스락 칼등으로 종이를 밀고 꽃 접는 소리를 들으며
그곳이 바로 나의 전생이자 내생이라는 걸
알 턱이 없었던

누구라도 한 번 들어가면 다시는 나오지 않았던

―「피안」전문

　갑자기 들이닥친 다급한 상황에 화자는 장의사 집으로 뛰어들어 꽃상여 안에 몸을 숨겼다. 그냥 상여라 하지 않고 '꽃상여'라 한 것이 그의 무의식의 발로인지 사실 그대로의 서술인지 알 수 없지만, '꽃상여'라는 말 속에 시인의 의식이 숨어 있다. 지금은 거의 볼 수가 없고 전통 장례에서나 볼 수 있었던 꽃상여를 그는 언제 본 것일까? 아마도 그는 꽃상여가 아니라 장의사 집 어느 구석에 숨어 있었을지도 모른다. 그러나 그의 무의식적 심리의 작동 속에서는 그것이 꽃상여로 기억되었을 것이다. 죽음의 길은 그렇게 아름다운 치장과 편안한 행장으로 이어져야 한다는 생각이 그의 기억을 윤색했을지 모른다.

　그러나 평소 죽음을 다루는 장의사 집은 화자에게 공포의 대상이었다. "부러진 검정 뿔테 안경 콧등에 반쯤 걸치고 앉아" 상여를 단장하는 장의사 아저씨를 보면 "시체라도 벌떡 일어설 것 같은 무시무시함에 신발 벗어 들고 날리던 기억"이 또 한쪽에 생생히 남아 있는 것이다. 그렇게 무서워하던 장의사 집인데 그리고 시체를 넣은 관을 올려놓을 상여인데 그곳에 몸을 숨기자 "으리으리한 고요"가 밀려들면서 명당에 자리 잡은 듯 마음이 편안해진 것이다. 전생에서 내생으로 이어지는 죽음의 안온한 기류를 그는 감지한 것일까? 이승에 태어난 존재는 누구든 한 번은 누워야 할 숙명의 쉼터임을 그는 미리 알아차린 것일까? "누구라도 한 번 들어가면 다시는 나오지 않"는 곳이라는 사실은 미처 지각하지 못했을 터이나 시인은 과감하게 "그 우쭐한 주검의 편안함에 나는 나를 산 채로 묻었다"고 적었다.

이것은 고대의 설화로부터 현재의 문학작품에 이르기까지 인간 무의식의 원형으로 이어져 오는 죽음과 재생의 모티프를 생각나게 한다. 안온한 죽음에 자신을 누일 때 과거의 나는 사멸하고 새로운 나로 다시 태어나는 종교적 재생 체험이 바로 그것이다. 시인은 그다음의 상태에 대해서는 이 시에서 전혀 말하지 않았다. 그 이후 그는 세상의 형편을 따라 많은 일을 겪으며 살아왔고 어릴 때의 그 기억도 망각의 그늘로 던져두었을 것이다. 그러다가 세상의 아픈 일들을 겪으며 꿈꾸어오던 시인이 되자 어린 시절의 기억이 되살아나 한 편의 시를 구상하게 되었는지 모른다. 자신도 갈피를 잡을 수 없는 생의 우여곡절 속에 그 체험은 비극적 세계 인식으로 자리 잡았고 또 한편으로는 비극성을 뛰어넘는 극기의 계기를 만들어주었다. 전생과 이승과 내생을 이어주는 꽃상여에 들어가 '우쭐한 편안함'을 느끼며 '나를 산 채로 묻었던' 그는 운명적으로 시인으로의 변신을 일찍이 무의식 속에 선언해두었던 것이다. 그는 왜 시인이 된 것일까? 다음 시에 단서가 담겨 있을지 모른다.

63시티 수족관에 사는 임금 펭귄은 밤마다 남극으로 날
아갈 준비를 하고 있다
 사육사가 수족관의 불을 끄고 집으로 돌아가면 몰래 수
족관을 빠져나와
 한강 철교 위에 올라가 멀리 남극을 바라본다
 남극은 언제나 바라보는 곳에 있다
 바라보지 않으면 빙산은 언제나 보이지 않는다
 웃음을 터뜨리며 서로 껴안고 짝짓기를 서두르는 펭귄들
이 지금 빙산 아래로 종종종 걸어가고 있다
 그동안 그는 직립의 자세를 결코 잊은 적이 없다
 한강 철교 돔 위에 올라가 새벽별을 바라보며 직립의 자
세를 더욱더 확립하고 수족관으로 돌아온 날 밤에는
 사육당하는 치욕과 관람당하는 수모를 어루만지며 잠이
든다
 잠 속에서는 거대한 유빙을 타고 흐른다
 남극 바다제비를 따라 하늘을 급선회하다가 가장 높은
빙봉에 알을 낳는다
 그는 더 이상 인간의 교도소에 갇혀 관람객들을 구경하
고 싶지 않다
 교도관이 던져주는 재소자의 밥을 먹고 뒤뚱뒤뚱 인간들
처럼 직립보행을 하고 싶지 않다
 관람객이 먹다 던진 사과 한 알도 마음에 품은 적이 없
는 그는
 차라리 철교 아래로 떨어져 한강의 청둥오리들이 정성껏
마련한 물길을 따라간다

멀리 한강의 불빛에 어른거리는 빙하의 물결
잠실 쪽에서 떠내려오는 빙산 위에 부서지는 남극의 별빛
신의 드레스로 밤하늘을 휘감고 있는 찬란한 오로라를
따라가면
그곳은 바다사자와 얼룩무늬물범이 빙그레 웃고 있는 남
극의 바닷가
귀향을 축하하는 펭귄들의 환호소리가 들린다
살아도 죽은 사람이 있고 죽어도 산 사람이 있듯
63시티 수족관에 사는 직립의 바닷새는 밤마다 남극으
로 날아갔다 돌아온다
사육사가 집으로 돌아간 뒤 몰래 수족관을 빠져나와
북한산을 넘어 금강산을 넘어 멀리 쇄빙선이 오가는 남
극으로 날아간다
남극은 언제나 날아가는 마음 안에 있다
　　　　　　　　　　　　　 ―「수족관에 사는 펭귄」 전문

　수족관의 펭귄을 이야기하니 이 글 앞부분에 읽었던
날벌레의 이야기가 다시 생각난다. 날벌레의 참사로 인
해 우리의 여름밤이 안락하게 유지된다고 했는데 수족
관의 펭귄도 마찬가지다. 눈을 크게 뜨고 펭귄을 기이한
눈으로 보는 사람들의 즐거움을 위해 펭귄은 창틀에 갇
혀 치욕과 수모의 나날을 보내야 한다. 쾌락을 탐하는
인간의 욕망은 끝이 없어서 무엇인가가 제물로 희생되
어야 무절제한 수탈의 평안을 맛본다. 그런 인간의 너절
한 작태는 일단 뒤로 돌리고 시인은 수족관 펭귄이 지닌

탈출의 꿈을 엿본다. 그것은 곧 시인 자신의 일상 탈출의 꿈이기도 하다. 관념적으로는 장의사 집 꽃상여에 몸을 숨길 때 자신의 경계를 넘어서는 단초를 얻었으나 평범한 생활인으로 살면서 의식 저편에 접어두었던 일탈의 꿈이다. 시인은 자신의 의지를 수족관 펭귄에 투사하여 현란한 탈속의 꿈을 펼친다.

시인이 펭귄을 대상으로 정한 이유는 펭귄이 지닌 직립의 자세 때문이다. 허리를 꼿꼿이 세우고 새벽별을 바라보는 직립의 보법은 일탈의 의연함을 나타내는 데 제격이다. 비록 몸은 63시티 수족관에 갇혀 있지만 그의 정신은 거대한 유빙을 타고 가다가 남극 대륙 "가장 높은 빙봉에 알을 낳는다". 사육사가 던져주는 너저분한 먹이 따위에는 아예 관심조차 없다. 그의 상상의 세계 속에는 찬란한 오로라를 넘어가는 휘황한 항로가 보이고 "귀향을 축하하는 펭귄들의 환호소리가" 들린다. 비록 몽상의 시간이 지나면 초라한 수족관에 돌아와 몸을 누일지라도 그것은 잠시 걸치는 남루일 뿐 그의 마음은 언제나 그가 바라보고 날아가는 남극에 있다.

이러한 일탈의 의지가 있기에 시인의 시야는 일상의 좁은 공간에 갇혀 있지 않다. 마치 "솟대에 앉은 새"처럼 지금이라도 날아오를 몸짓을 하고 먼 데 하늘 한쪽을 바라본다.「내 친구 야간 대리운전사」에서 자신과는 별 관련이 없을 듯한 대리운전사를 설정하여 이채로운 생활의 단면을 시로 나타낸 것도 사실은 일탈의 의지를 나타내기 위함이었다. '자유롭게 날아다니는 물새의 길을" 따라 이름도 알 수 없는 머나먼 남쪽 나라로 무한정 날아가고 싶었으며, "푸드덕 날개를 펼치고 솟대를 떠나" 날아오르는 나무새의 자세를 따르고 싶었던 것이다. 자신과는 아무 관계가 없는 야간 대리운전사를 "내 친구"라고 부를 수 있었던 것은 그 사람이 시인 자신처럼 "서울의 솟대 끝에 앉아 붉은 달을 바라"보기 때문이며 거기서 우러난 달빛이 잎 떨어진 나뭇가지를 여전히 환하게 비추기 때문이다.

자신을 둘러싼 생의 굴레에서 벗어나려는 자세를 가질 때 생의 자극이 오고 전기轉機가 오고 새로운 점안點眼이 온다. 그럴 때 아픔 속에 새로운 날갯짓을 꿈꾸는 모든 존재들이 자신의 친구로 다가온다. 벌교 갯벌에 꼬막 캐는 아낙네가 내 분신이 되고, 달밤에 몰래 보도블록 까는 청년이 내 동생이 된다. 북한산 기슭 색소폰 부는 걸인이 시인 김수영의 길동무가 되고 서울역 신발 잃은 노숙자가 내 꿈의 대변자가 된다. "말리지 못할 만치 몸부림하며/ 마치 천리만리나 가고도 싶은 맘"(김소월, 「천리만리」)이 남의 것이 아닌 내 것이 된다. 그야말로 화광동진和光同塵이요 동체대비同體大悲다. 그것을 의식의 지향으로 삼을 때 다음과 같은 시가 창조된다.

휠체어 마라톤 대회에 너를 보내고 이제 너의 가여운 신발은 생각하지 않는다

사고 현장에 버려진 네 어린 신발을 움켜쥐고 통곡하던
나의 눈물도
　이제는 흙 속에 천천히 스며들어 제비꽃의 가는 뿌리를
적신다
　병원에 도착하자마자 결국 나머지 한쪽 다리마저 잃고
네가 말끄러미 나를 쳐다보았을 때
　나도 그만 두 다리를 잃고 그대로 주저앉아 물이 되었다
　길이란 길은 모두 사라지고 신발마저 저 혼자 한강으로
뛰어내린 뒤
　아파트 베란다에 처박혀 뿌리마저 썩어가는 빈 화분처럼
살아오다가
　오늘 아침 휠체어 마라톤 대회에 너를 보내고 조용히 혼
자 미소 지어본다
　너에게도 달릴 수 있는 길이 있어서 길가에 꽃들이 피어
난다
　헬멧을 쓰고 두 팔로 힘차게 휠체어 바퀴를 굴리며 달려
가는 뒷모습들이 유유히 푸른 하늘을 나는 기러기 떼 같아
　네가 남한강 어디쯤에서 휠체어를 타고 하늘로 훨훨 날
아갈 것만 같다
　하늘을 날면 너의 산맥과 평야를 한없이 내려다보아라
　지나가는 곳마다 더욱더 낮아지는 저 겸손한 논과 밭을
보아라
　추수가 끝난 빈 들판에 볏짚을 태우는 흰 연기가 피어오
르면 푹신한 볏단 위에 잠시 내려와 쉬었다 달려라
　거리에 응원 나온 사람들보다 새들이 나뭇가지에 앉아
열심히 손뼉을 친다

남한강 물오리들도 너를 따라가느라 재빠르게 물살을 가
른다
　그래도 너에게는 언제나 고마운 손과 너를 사랑하는 무
릎이 있다
　오체투지 하는 아버지를 따라 무릎으로 히말라야를 기어
오르던 티베트의 한 소년이라고 생각해도 좋고
　휠체어를 탄 낙타가 되어 타클라마칸 사막의 어느 마을
우물가
　물을 길어 누나에게 나누어주던 키 작은 한 소년이라고
생각해도 좋다
　사람들은 누구나 다 자기만의 사막을 하나씩 가슴속에
품고 있다
　이제 너는 너의 사막에 깊은 우물을 파라
　지구가 웃음을 터뜨리며 물줄기를 뿜으면 해가 질 때까
지 배고픈 양들과 목마른 낙타에게 물을 먹여라
　지구도 둥근 휠체어 바퀴를 열심히 굴리며 굴러간다
　누구나 지구라는 휠체어를 타고 살아간다
　　　　　　　ㅡ「휠체어 마라톤 대회에 너를 보내고」 전문

　나 역시 지상의 사막에서 "지구라는 휠체어"에 몸을
실은 지 50년이 훌쩍 넘었으나 "지나가는 곳마다 더욱더
낮아지는 저 겸손한 논과 밭"을 아직 보지 못하였으며
"언제나 고마운 손"과 "사랑하는 무릎"의 절실함을 느껴
보지 못하였다. 우리의 꼬락서니가 "아파트 베란다에 처
박혀 뿌리마저 썩어가는 빈 화분" 같다고 생각했을 뿐

"배고픈 양들과 목마른 낙타에게 물을" 먹일 생각을 하지 못하였다. 나는 그런 존재가 아예 되지 못한다고 생각하였다. 병상에 누운 장애우의 모습이 화면에 비치면 마음이 일그러져 급히 채널을 바꾸었을 뿐 "헬멧을 쓰고 두 팔로 힘차게 휠체어 바퀴를 굴리며 달려가는 뒷모습들이 유유히 푸른 하늘을 나는 기러기 떼" 같다는 생각을 하지 못하였다. 최명란 시인의 시를 읽고 이러한 의식의 전환, 인식의 확충에 이르니 시를 읽지 않으면 막힌 담장에 얼굴을 처박고 있는 것과 같다고 말한 공자의 말이 진리임을 새삼 깨닫는다.

세월의 긴 굽이를 돌아 이런 시가 그에게서 나온 것은 세월 저쪽 슬픔의 상여에 자신을 묻은 소신의 은덕 때문일까? 무감각한 평화를 버리고 솟대 위의 새를 택한 일탈의 의지 때문일까? 그 어떤 것이든 그의 시가 이렇게 우리에게 위안을 주니 클로토clotho의 손길에 미련은 없으리라.